suhrkamp taschenbuch 2282

Der geglückte Tag ist für Peter Handke ein Abenteuer, ein Abenteuer mit dem Tag als Gegenüber, als Gegner. Die »Expedition Tag«, wenn sie glückt, gibt den Einzelmomenten einen Zusammenhang. »Carpe diem«, der Spruch des Horaz, wird hier neu übersetzt mit »Pflücke den Tag«, ganz so, wie der Erzähler sein Problem sieht: aus geglückten Augenblicken den geglückten Tag zu pflücken. Dieser Tag beginnt schon im ersten vollen Bewußtsein nach dem Schlaf, bleibt zwar vorerst Idee, doch, durch die Phantasie getragen, verwandelt er sich zu einer Lebens- und Schreibidee. Das Ich der Erzählung wird selbst zum Medium des geglückten Tags, seine Tätigkeitsworte lauten: »lassen« und »meiden«. Der *Versuch über den geglückten Tag* wird so zu einer einläßlichen Chronik, schließlich dem Märchen des geglückten Tags. Der Leser wird am Ende dem Erzähler zustimmen, wenn dieser sagt: »Wieviel mehr wäre mit dem Tag zu machen, mit nichts als dem Tag. Und jetzt, in meinem Leben, in deinem, in unsrer beider Epoche, ist sein Moment . . . Wenn ich es nicht jetzt mit dem Tag versuche, dann habe ich seine Möglichkeit auf Dauer verspielt . . .«

Peter Handke, 1942 in Griffen (Kärnten) geboren, lebt bei Paris. Sein *Versuch über die Müdigkeit*, 1989 erstmals erschienen, liegt auch als suhrkamp taschenbuch 2146 vor, der *Versuch über die Jukebox*, 1990, ist als suhrkamp taschenbuch 2208 erhältlich. Das Werk von Peter Handke im Suhrkamp Verlag ist auf den Seiten 93 bis 95 dieses Bandes verzeichnet.

Peter Handke
Versuch über den geglückten Tag

Ein Wintertagtraum

Suhrkamp

Umschlaggestaltung
unter Verwendung der ersten Manuskriptseite

suhrkamp taschenbuch 2282
Erste Auflage 1994

Druck: Ebner Ulm
Printed in Germany
Umschlag nach Entwürfen von
Willy Fleckhaus und Rolf Staudt

1 2 3 4 5 6 – 99 98 97 96 95 94

Versuch über den geglückten Tag

Ὁ φρονῶν τὴν ἡμέραν κυρίῳ φρονεῖ

Der den Tag denkt, denkt dem Herrn

An die Römer, 14,6

Wintertag: Auf dem Pferd gefriert der Schatten

Bashō

Ein Selbstbildnis des Malers William Hogarth, in London, ein Augenblick aus dem achtzehnten Jahrhundert, mit einer Palette, auf dieser, sie zweiteilend, ungefähr in der Mitte, eine leicht geschwungene Linie, die sogenannte »Line of Beauty and Grace«. Und ein flacher, gerundeter Stein vom Ufer des Bodensees auf dem Schreibtisch, in dem dunklen Granit, als Diagonale, mit einer feinen, wie spielerischen, genau im rechten Moment von der Geraden abweichenden Krümmung, eine kalkweiße Ader, welche beide Hälften des Kiesels trennt und zusammenhält. Und auf jener Fahrt in jenem Vorortzug zwischen den Seine-Hügeln westlich von Paris, zu jener Stunde des Nachmittags, da in der Regel Frischluft und -licht manch morgendlichen Aufbruchs verbraucht sind, nichts mehr natürlich ist und nur noch das Abendwerden, vielleicht, aus der Tagklemme hilft, jenes plötzliche Ausscheren der Gleisstränge, zu einem weiten Bogen, fremdartig, zum Staunen, hoch über der unversehens sich in der Flußniederung frei wegdehnenden ganzen Stadt samt ihren, dort auf der Höhe etwa von St. Cloud und Suresnes, so verrückt wie wirklich sich auftürmenden Wahrzeichen, mit welch unvorhergesehener Kurve, heraus aus der Enge, der Tageslauf, in einer Sekunde des Übergangs von Wimpernstarre zu Wimpernzucken, neu Richtung bekam und die fast schon abgetane Idee von dem »geglückten Tag« wiederkehrte, begleitet von dem Schwung, der heiß macht, sich zusätzlich an einer Beschreibung, oder Aufzählung, oder Erzählung der Elemente und Probleme solch eines Tags zu versuchen. Die »Linie der Schönheit und der Anmut« auf Hogarths Palette scheint sich regelrecht den Weg durch die unförmigen Farbmassen zu bahnen, wirkt zwischen diese eingegraben, und zugleich ist es, als werfe sie einen Schatten.

Wer hat schon einen geglückten Tag erlebt? Sagen werden das zunächst von sich wahrscheinlich die meisten. Und es wird dann nötig sein, weiterzufragen. Meinst du »geglückt« oder bloß »schön«? Sprichst du von einem »geglückten« Tag oder einem – es ist wahr, ebenso seltenen – »sorglosen«? Ist für dich ein geglückter Tag allein schon, der ohne Problem verlief? Siehst du einen Unterschied zwischen einem glücklichen Tag und dem geglückten? Ist es für dich etwas anderes, mit Hilfe der Erinnerung von diesem und jenem geglückten Tag zu reden, oder gleich jetzt, unmittelbar danach, ohne eine Verwandlung durch die Zwischenzeit, am Abend ebendesselben Tags, als dessen Beiwort dann auch nicht ein »geschafft« oder »überstanden« stehen kann, sondern einzig »geglückt«? Ist dir der geglückte Tag also grundverschieden von einem unbeschwerten, einem Glückstag, einem ausgefüllten, einem Aktivtag, einem durchstandenen, einem von der Langvergangenheit verklärten – ein Einzelnes genügt da, und ein ganzer Tag schwebt auf in Glorie –, auch gleichwelchem Großem Tag für die Wissenschaft, dein Vaterland, unser Volk, die Völker der Erde, die Menschheit? (Im übrigen: Schau – blick auf –, der Umriß des Vogels dort oben im Baum; wozu das griechische Verb für »lesen« in den Briefen des Paulus, buchstäblich übersetzt, ein »Auf-Blicken« wäre, geradezu ein »*Hinauf*-Wahrnehmen«, ein »*Hinauf*-Erkennen«, ein Wort ohne besondere Befehlsform schon als eine Aufforderung oder ein Aufruf; und dazu noch jene Kolibris in den südamerikanischen Dschungeln, die beim Verlassen ihres Schutzbaums, um die Raubgeier zu täuschen, das Geschaukel eines fallenden Blatts nachmachen . . .) – Ja, der geglückte Tag ist für mich nicht wie all die anderen; er *heißt* mir mehr. Der geglückte Tag ist mehr. Er ist mehr als eine »geglückte Bemerkung«, mehr als ein »geglückter Schachzug« (sogar ein geglücktes vollständiges Spiel), als eine »geglückte Erstbesteigung im Winter«, etwas anderes als eine »geglückte Flucht«, eine »geglückte Operation«, eine »geglückte Beziehung«, gleichwelche »geglückte Sache«, ist auch unabhängig vom geglückten Pinselstrich oder Satz, und hat nicht einmal etwas zu schaffen mit jenem »nach lebenslangem Warten in einer einzigen Stunde geglückten Gedicht«! Der geglückte Tag ist unvergleichlich. Er ist einzigartig.

Ob es mit unserer speziellen Epoche zu tun hat, daß das Glücken eines einzelnen Tages zum Thema (oder Vorwurf) werden kann? Bedenk, daß vordem eher der Glaube an den richtig ergriffenen »Augenblick« gewirkt hat, der freilich für das »ganze große Leben« einstehen konnte. Glaube? Vorstellung? Idee? Jedenfalls galt vorzeiten, ob beim Schaftrieb auf den Pindus-Höhen, beim Umherwandeln unterhalb der Athener Akropolis oder beim Feldmauernschichten auf den steinigen Plateaus von Arkadien geradezu etwas wie ein Gott solch eines geglückten Augenblicks oder Zeit-Atoms, ein Gott allerdings, von welchem es, anders als sonst bei den griechischen Gottheiten, weder Bild noch Geschichte gab: der göttliche Moment selber erzeugte sein, jeweils verschiedenes, Bild und erzählte, jetzt, jetzt und jetzt, zugleich sich, jenen »kairos«, als eine Geschichte, und jener Augenblicksgott war wohl, seinerzeit, mächtiger als alle anscheinend auf Dauer feststehenden Göttergestalten – immer gegenwärtig, immer da, immer in Kraft. Entmachtet wurde aber schließlich auch er – oder? wer weiß? –, euer Gott des »Jetzt!« (*und* der Augen, die so sich begegneten, *und* des Himmels, der so, eben noch formlos, eine Gestalt annahm, *und* des verwaschenen Steins, der so auf einmal in seinen Farben spielte, *und, und*), von dem nachfolgenden Glauben – in der Tat nun weder Vorstellung noch Idee mehr, sondern »von der Liebe bewirkter« Glaube – an eine neue Schöpfung, als eine Erfüllung der

Augenblicke und der Zeiten, durch das Irdischwerden, Sterben und Auferstehen des Gottessohns, und damit an die sogenannte Ewigkeit; eine Frohbotschaft, von welcher ihre Verkünder zum einen selber sagten, daß sie nicht mehr nach dem Maß der Menschen sei, und zum andern, den an sie Glaubenden würden, jenseits der bloßen Augenblicke der Philosophie, die Äonen, oder eben die Ewigkeiten der Religion glücken. Folgte dann, enthoben sowohl dem Gott des Augenblicks als auch dem der Ewigkeit, wenngleich ohne den Eifer, die beiden zu entkräften, die Periode einer dritten Macht, einer rein diesseitigen, freiheraus weltlichen, und sie setzte – was soll mir euer Kairos-Kult, Hellenen, euer Himmelsglück, ihr Christen und Muslime – auf etwas dazwischen, auf das Glücken je meiner Hiesigkeit, auf die einzelne geglückte Lebenszeit. Glaube? Traum? Vision? Am ehesten, zumindest im Ursprung dieser Periode, wohl eine Vision: der eines jeden Begriffs von gleichwelchem Glauben Entzauberten; eine Art trotzigen Tagtraums. Da über mich hinaus nichts mehr denkbar ist, werde ich aus meinem Leben das Möglichste machen. Und so war die Zeit dieser dritten Macht in Wort und Tat eine der Superlative, der Herkules-Arbeiten, der Weltbewegungen. »War«? Heißt das, ihre Zeit sei vorbei? Nein, die Idee von einem durchs Tätigsein geglückten ganzen Leben ist, natürlich, weiter in Kraft und wird immer fruchtbar bleiben. Nur scheint inzwischen kaum mehr etwas darüber sagbar zu sein, die Epen und Abenteuerromane der Pioniere, die jenen Anfangstraum von der Lebenstat entschlossen beherzigten, sind bereits erzählt und bilden auch das Muster für die etwa heute glückenden Leben – jedesmal eine Abwandlung der bekannten Formel: »Einen Baum pflanzen, ein Kind zeugen, ein Buch schreiben« – und erzählbar an der Sache finden sich höchstens noch seltsame kleine Varianten oder Glossen, beiläufig, im Vorübergehen, zum Beispiel von einem jungen Mann, gerade dreißig, verheiratet mit einer Frau, die er sicher war, bis ans Ende zu lieben, Lehrer an einer kleinen Schule in der Vorstadt, für deren Monatsblatt er auch bei Gelegenheit Theater- und Filmtips verfaßte, ohne sonst eine Absicht für eine Zukunft (kein Baum, kein Buch, kein Kind), und der, nicht erst nun mit seinem vollendeten dreißigsten Jahr, sondern schon an den paar letzten Geburtstagen, wie er seinen Bekannten, unter einem festlichen Blitzen der Augen, unvermittelt sagte, die Gewißheit hatte, sein Leben sei ihm geglückt (noch seltsamer freilich der Satz im französischen Original, »j'ai réussi ma vie« – »ich habe mein Leben bestanden«? »Gemeistert«?). Wirkte bei diesem Zeitgenossen noch die epochale Vision vom geglückten Leben? Oder war das schon wieder ein Glaube? Es ist sehr lange her, daß der Satz fiel, aber in der Vorstellung jetzt, was auch immer seitdem mit dem Mann passiert wäre, käme auf die Besucher-Frage seine höchst selbstverständliche Wiederholung. Also Glaube. Was für einer? – Was mag aus jenem jungen »geglückten Leben« geworden sein?

Willst du damit andeuten, dein sogenannter geglückter Tag, zum Unterschied von den geglückten Leben, gebe heutzutage mehr her als bloße Glossen oder Nachschriften oder Travestien? Handelt es sich dabei denn um etwas so anderes als das Motto aus dem goldenen Zeitalter Roms, jenes »carpe diem«, das nun, nach zweitausend Jahren, gleichermaßen als Weinmarke wie als Aufschrift auf einem T-Shirt wie als Name eines Nachtclubs dienen könnte? (Wieder einmal kommt es darauf an, wie du es dir übersetzt: »Nutze den Tag« – wie es das Jahrhundert der Aktionen verstand –? »Pflücke den Tag« – womit dieser zu einem einzigen, großen, günstigen Augenblick wird –? oder »Laß fruchten den Tag« – womit der alte Spruch des Horaz tatsächlich meinem Heute-Problem auf einmal nahe erscheint –?) Und was ist überhaupt der geglückte Tag – denn bis jetzt hast du dir ausschließlich klarzuwerden versucht, was er nicht ist? Und wo bleibt, bei deinen ständigen Abschweifungen, Umwegen, Umständlichkeiten, deinem ewigen Zögern, Abbrechen sofort mit dem kleinsten anhebenden Schwung, ewigen Neuanfängen, jene Linie der Schönheit und Anmut, welche, wie angedeutet, den geglückten Tag bezeichnet, und, wie danach beschworen, auch den Versuch darüber leiten sollte? Wann, anstelle des unentschiedenen Zickzacks draußen an den Peripherien, des zittrigen Grenzziehens an einer um so leerer wirkenden Sache, setzt du endlich, Satz für Satz, zu dem so leicht-wie-scharfen Schnitt, durch das Wirrwarr in medias res, an, damit dein obskurer »geglückter Tag« beginnen kann, sich zu der Allgemeinheit einer Form zu lichten? Wie stellst du dir einen solchen Tag vor? Entwirf mir ein erstes Bild, beschreib mir Bilder davon! Erzähl den geglückten Tag. Laß spüren den Tanz des geglückten Tags. Sing mir das Lied vom geglückten Tag!

Es gibt tatsächlich ein Lied, das diesen Titel haben könnte. Van Morrison singt es, »mein Sänger« (oder einer von ihnen), und es heißt in Wirklichkeit anders, hat seinen Namen von einem kleinen, sonst gleichgültigen amerikanischen Ort, und erzählt, ja, Bilder, von einer Autofahrt an einem Sonntag – an dem das Glücken des Tages noch schwieriger scheint als an all den sonstigen Tagen –, zu zweit, wohl mit einer Frau, in der Wir-Form (in der das Glücken des Tags ein noch größeres Ereignis ist als im Alleinsein): Fischen in den Bergen, Weiterfahren, Sonntagszeitung-Kaufen, Weiterfahren, ein Imbiß, Weiterfahren, der Schimmer deines Haars, die Ankunft am Abend, und die letzte Zeile, etwa so: »Warum kann nicht ein jeder Tag sein wie der?« Es ist ein sehr kurzer Song, vielleicht die kürzeste Ballade, die es je gab, sie dauert gerade eine Minute, und der sie singt, ist fast schon ein älterer Mann, mit ein paar letzten Haarsträhnen, und von jenem Tag wird mehr sprechend als singend erzählt, sozusagen sang-, klang- und tonlos, ein Murmeln gleichsam im Vorübergehen, dabei aus einer mächtig geweiteten Brust, im Moment der größtmöglichen Weite jäh abbrechend.

Und vielleicht kann die Linie der Schönheit und der Anmut – aber wäre »grace« nicht auch anders zu übersetzen? – heutzutage kaum mehr die sanftgeschwungene Kurve wie in Hogarths achtzehntem Jahrhundert nehmen, welches sich, im reichen autonomen England jedenfalls, als eine ganz irdische Fülle der Zeit verstand. Entspricht es nicht unsereinem jetzt, daß solch ein Gebilde immer wieder abbricht, ins Stottern, Stammeln, Verstummen und ins Schweigen kommt, neu ansetzt, Seitenstrecken nimmt – dabei jedoch zuletzt wie eh und je auf eine

Einheit und etwas Ganzes hinzielt? So wie es zu uns jetzt am Ende des zwanzigsten Jahrhunderts paßt, daß eher die Ideen vom einzelnen geglückten Tag in Kraft sind als die von gleichwelcher Ewigkeit oder einem gesamt-geglückten Leben, freilich nicht allein im Sinn des »Jetzt ist jetzt« und schon gar nicht des »Einfach in den Tag hinein leben!«, sondern zudem in der Hoffnung – nein, Sehnsucht – nein, Bedürftigkeit –, mit dem Erforschen der Elemente des einen Zeitraums auch ein Muster für einen größeren, einen noch größeren, den größtmöglichen, zu erahnen?; denn mein Dahinleben, nach dem Verduften all der vorigen Zeit-Ideen, jetzt, von einem Tag zum andern, ohne Gesetzlichkeit (und sei es auch bloß, was fürs Leben zu *lassen* sei), ohne Zusammenhang (mit dir, mit diesem Passanten), ohne die kleinste Gewißheit (daß sich der heutige Moment Freude morgen oder jemals wiederholen wird), in der Jugend erträglich und manchmal sogar begleitet (geleitet?) von

Unbekümmertheit, schlägt inzwischen immer öfter um in Not und mit den Jahren zusätzlich in Empörung. Und da sich diese, im Unterschied zur Jugend, weder gegen den Himmel noch die gegenwärtigen irdischen Verhältnisse noch gegen sonst einen Dritten wenden kann, empöre ich mich gegen mich selber. Verdammt, warum sehe ich uns nicht mehr gemeinsam? Verflucht, warum ist mir um drei Uhr nachmittags das Licht in dem Hohlweg, das Klopfen der Züge auf den Gleisen, dein Gesicht nicht mehr das Ereignis, welches es doch, wie für die fernste Zukunft gültig, heute morgen noch war? Verdammt, warum kann ich, ganz im Gegensatz zu dem bekannten Bild vom Älterwerden, die Tages-, Lebensaugenblicke weniger halten, fassen und würdigen denn je? Verflucht, warum bin ich, im Wortsinn, so zerstreut? Verdammt, verflucht, verdammt. (Schau nebenbei, die Turnschuhe dort draußen, zum Trocknen, auf dem Dachfensterbrett des Giebelhauses, des halbwüchsigen Nachbar-Sohns, den wir gestern abend im Flutlicht des Vorstadtplatzes, während er im Lauf aufs Zuspiel wartete, an der Trikotnaht zupfen sahen.)

So gilt demnach für dich und für jetzt, nach den Ideen vom geglückten Augenblick, vom geglückten ewigen oder einmaligen Leben, als gleichsam vierte Macht die Idee vom geglückten Tag? Und es drängt dich, dem geglückten Tag einen Duft zuzuschreiben, der sich nicht verflüchtigt, sondern, egal, was dir morgen zustößt, in dieser oder jener Weise nachhält? Und so ist es wieder der Moment zu fragen: Wie stellst du dir solch geglückten Tag, im einzelnen, vor?

Ich habe von dem geglückten Tag keine einzelne Vorstellung, keine einzige. Es gibt allein die Idee, und das läßt mich auch fast verzweifeln, einen erkennbaren Umriß ins Bild zu rücken, das Muster durchschimmern zu machen, die ursprüngliche Leuchtspur nachzuziehen – von meinem Tag, wie ich es mir doch eingangs ersehnte, einfach und rein zu erzählen. Indem nichts als die Idee da ist, kann das Erzählen nur handeln von ebendieser Idee. »Ich möchte dir eine Idee erzählen.« Aber eine Idee – wie ist sie erzählbar? Es geschah ein Ruck (immer wieder wird mir die »Häßlichkeit« dieses Wortes vorgehalten, und es ist wieder einmal durch kein anderes ersetzbar). Es wurde hell? Es wurde weit? Es griff in mich ein? Es vibrierte? Es wehte warm? Es lichtete sich? Es wurde neu Tag am Ende des Tages? Nein, die Idee, sie sträubt sich gegen meine Sehnsucht des Erzählens. Sie stellt mir kein Bild zur Ausflucht vor. Und trotzdem war sie leibhaftig, leibhaftiger als je ein Bild oder eine Vorstellung, alle die zerstreuten Sinne des Körpers durch sie zusammengefaßt zu Energie. Idee hieß: Es gab kein Bild, nur Licht. Ja, jene Idee war keine Rückbesinnung auf etwa gut verbrachte Kindheitstage, sondern leuchtete ausschließlich voraus in die Zukunft. Und ist so, wenn erzählbar, dann in der Zukunftsform, als Zukunftserzählung, zum Beispiel: »An dem geglückten Tag wird es noch einmal Tag werden mitten am Tag. Es wird mir einen Ruck geben, einen zweifachen: über mich hinaus, und in mich, ganz, hinein. Zum Schluß des geglückten Tags werde ich die Stirn haben, zu sagen, ich hätte einmal gelebt, wie sich's gehört – mit einer Stirn, die das Gegenstück sein wird zu meinem angeborenen Schild.« Ja, nicht von den Kindertagen, den einstigen, handelte die Idee, vielmehr von einem Erwachsenentag, einem kommenden, und die Idee war wirklich ein Handeln, sie handelte – griff ein – über die einfache Zukunft hinaus, als Sollensform, in welcher Van Morrisons Lied etwa folgend übersetzt erschiene: »An dem geglückten Tag sollen die Catskills-Berge die Catskills sein, soll das Einbiegen zum Rastplatz das Einbiegen zum Rastplatz sein, soll die Sonntagszeitung die Sonntagszeitung sein, soll das Abendwerden das Abendwerden sein, soll dein Glanz neben mir ...« Nur, natürlich: wie dergleichen schaffen? Genügt dazu mein eigener Tanz, oder soll es, statt »Anmut«, »Grazie« für *grace*, zusätzlich »Gnade« heißen? Und was zeigt es, daß, als erstmals jene Idee eines geglückten Tags mir »vorspurte«, das nicht bloß eine kurze Stunde, sondern eine ganze Periode der Fastverzweiflung war? (Oder sollte statt vor*spuren* »geistern« oder »irrlichtern« stehen?) Das Untier »Sprachlosigkeit« war einem Schweigen gewichen. Am hellichten Tag kehrte der Traum von dem Vogelnest aus Heu zurück, unten auf der Erde, in dem das nackte piepsende Junge war. Die Glimmersplitter im Gehsteiggranit glitzerten in Augennähe. Die Erinnerung, mit welcher Herzlichkeit seine Mutter ihm eines Tages ihr bißchen Geld für ein neues Uhrband gegeben hatte, und die Erinnerung an den Schriftspruch »Den fröhlichen Geber liebt der Herr«. Der Flügel, mit dem weit weg in der Allee die Amsel beim Flug die Hecke streifte, streifte zugleich auch ihn. In dem Asphaltquai der Vorortstation Issy-Plaine zeigte sich, hellgetrocknet und fest, das einander überschneidende Muster der tausend verschiedenen Schuhsohlen vom gestrigen Regenfilm. Beim Vorbeigehen an dem fremden Kind zog sich in ihm dessen Scheitelwirbel nach. Der Turm der Kirche von St.-Germain-des-Prés, den Cafés, der Buchhandlung, dem Kino, dem Friseursalon, der Apotheke gegenüber, stand zugleich entrückt in einem so anderen Tag, enthoben-enthebend dem »laufenden Datum« und dessen Launen. Die Todesangst der letzten Nacht war, was sie war. Das zersplitterte Schaufenster war, was es war. Die Unruhen jenseits des Kaukasus waren, was sie waren. Meine Hand und ihre Hüfte, sie waren. Es war die Wärme der Erdfarben vom Weg neben der Eisenbahn nach Versailles. Der Traum vom umfassenden, alldurchlässigen Buch, längst aus der Welt, längst ausgeträumt, mit einem Ruck war er wieder, oder »erneut«? da, in der Tagwelt, und da, und da – brauchte bloß niedergeschrieben zu werden. Eine Mongoloide, oder Heilige, mit einem Rucksack, rannte, in Verzückung oder in Angst, über den Zebrastreifen. Und in der Bar einer anderen Vorstadtstation stand am Abend des Tages ein einzelner Gast, während der Patron die Gläser trocknete, die Lokalkatze zwischen den Tischen mit einer Billardkugel spielte, auf der staubigen Scheibe die Zackenschatten der übriggebliebenen Platanenblätter tanzten und sich für das übliche »Blinken« der beleuchteten Züge hinter dem Laub oben auf dem Bahndamm die Suche nach einem anderen Wort aufdrängte – so als würde mit der Entdeckung eines einzigen der Sache näherkommenden Wortes auch dieser ganze Tag glücken, in dem Sinn des »Alles sich Zeigende (in unser Heutiges, Weltliches übersetzt: jede Form) ist ein Licht«.

Ja, und endlich mischte sich gerade, ohne Rücksicht auf Folgerichtigkeit und richtigen Augenblick, dunkel, bildschwach und stottrig-holprig, eine dritte Stimme, eine erzählende, gleichsam von unten, aus dem Unterholz, aus dem Abseits, in unsern Versuch von dem geglückten Tag. – Endlich? Oder leider? Zu seinem Schaden?

Zum Glück oder zum Schaden: ein »leider« ist, zunächst jedenfalls, am Platz; denn für das Weitere muß nun ein Rückfall ins Spitzfindige geschehen. Erzählt Van Morrisons Lied von einem geglückten Tag, oder von einem bloß glücklichen? Denn zum geglückten Tag gehört hier, daß er ein gefährlicher war, voll Hindernissen, Engstellen, Hinterhalten, Ausgesetztsein, Schlingern, vergleichbar den Tagen des Odysseus auf seiner Irrfahrt nach Hause, am Ausklang von deren Erzählung man jedesmal begreift, es gehört für den Abend, mit Schmausen und Trinken und »göttlichem« Besteigen eines Frauenbetts, ein Feiern her. Nur sind die Gefahren an meinem heutigen Tag weder die

Schleudersteine des Riesen noch die bekannten anderen Dinge, sondern das Gefährliche ist mir der Tag selbst. Das war wohl zwar immer so, vor allem in den Epochen und Weltgegenden, da die Kriege und sonstigen Nöte ferngerückt schienen (wie viele Tagebücher aus gleichwelchen sogenannten Goldenen Zeitaltern beginnen am Morgen mit den Vorsätzen für den einzelnen Tag und stellen am Abend in der Regel dessen Scheitern fest) – aber derart zum Fall geworden, derart spruchreif, wann war das der Tag, nichts als mein, dein, unser Tag, jemals zuvor? Und könnte es nicht sein, daß sein Problem in einer vielleicht noch goldigeren Zukunft noch aktueller und akuter wird? Die speziellen »Forderungen des Tages«, dessen Pflichten, Kämpfe, Spiele beiseite: die Tage rein für sich, die freien Tage, jeder Augenblick ergreifbar als Möglichkeit, sind, wenigstens unsereinem jetzthier, in unseren halbwegs friedlichen Breiten, zur Herausforderung, zum möglichen Freund, zum möglichen Feind, zum Glücksspiel? geworden. Und für das Bestehen, Gewinnen, Fruchtwerden solch eines Abenteuers, oder Duells, oder einfach Messens zwischen dir und Tag hat auch zu gelten, daß nichts Drittes dir entscheidend beispringt, weder eine Arbeit, noch die schönsten Zeitvertreibe, nicht einmal Van Morrisons schaukelige Autofahrt – ja es ist, als sei sogar schon ein Unternehmen wie zum Beispiel »eine kleine Wanderung« unvereinbar mit dem zu glükkenden Tag – als sei dieser für sich allein die Unternehmung, von mir auszuführen (heimzuholen, unter Dach und Fach zu bringen) am besten an Ort und Stelle, ausschließlich im Liegen, Sitzen, Stehen und höchstens ein wenig Auf- und Abgehen, müßig bis auf das Schauen und Hören oder vielleicht gar nur das Atmen, das aber vollkommen ungewollt – ohne Zutun des Willens, wie auch bei jedem anderen Lebensschritt an einem derartigen Tag –, so als sei die vollkommene Unwillkürlichkeit geradezu etwas Entscheidendes für dessen Glücken. Und derart entspränge dem in der Tat ein Tanz?

Und nun lassen sich zwei grundverschiedene Versionen vom Abenteuer des einzelnen mit seinem Tag skizzieren: In der einen gelingt es zum Beispiel im Moment des Erwachens, von den Träumen die abzutun, die von der Spur ablenkender Ballast, und mitzunehmen nur, die ein den Tageslauf verlangsamendes, im Weltgeschehen haltendes Gewicht wären; in der Luft des Morgens wachsen die verschiedenen Erdteile zusammen: zugleich mit den ersten Tropfen des Regens knistert dieser in dem Laub eines Strauchs auf dem Feuerland; das Fremdlicht des Nachmittags dann wird enthext, von einem Moment zum andern, in Erkenntnis einer aus dir selbst dir vorgespiegelten Fata Morgana; und in der Folge gehört es auch zum Glücken, es einfach Abend werden zu lassen, mit Augen selbst für das Zwielicht, und hernach von deinem Tag, obwohl nichts geschehen ist, Unerschöpfliches erzählen zu können. Ah, der Augenblick, da endlich einmal nichts war als der alte Mann mit der blauen Schürze im Vorgarten! Und die entgegengesetzte Version? Sie hat kurz zu sein – am ehesten zum Beispiel so: Gelähmt schon vom Morgengrauen, treibt ein Bündel Elend, im Augenblick des Auslaufs gekentert sein Schiff mit dem Namen »Abenteuer des Tages«, in den Wassern des Vormittags, kommt zum Bewußtsein nicht einmal der Stille des Mittags und liegt, von der Zwischenzeit zu schweigen, am Ende, an eben der Stelle, von welcher unser Held »in aller Herrgottsfrühe« eigentlich hätte aufbrechen sollen, fest in der Nacht – und auch die Wörter und Bilder, sein Scheitern am Tag weiterzugeben, gibt es nicht, es sei denn die schalgewordenen und ausgeschöpften Allegorien wie gerade eben.

Damit ein Tag für dich geglückt heißen kann, scheint demnach ein jeder Augenblick vom Erwachen an bis zum Einschlafen zu zählen, und zwar so, daß er jeweils eine bestandene Prüfung (Gefahr) darstellt. Ist es dabei aber nicht auffällig, daß für die meisten andern in der Regel schon ein einziger Moment als geglückter Tag zählt (und dein Begriff davon, verschieden von dem im Umgang, etwas Selbstherrliches hat)? »Als ich in der Morgendämmerung am Fenster stand, schoß ein kleiner Vogel an mir vorbei und stieß einen Laut aus, wie für mich bestimmt – und das war schon ein geglückter Tag« (Erzähler A). – »Der Tag war heute geglückt in dem Moment, als sich am Telefon – obwohl du allein vorhattest, das Buch weiterzulesen – auf mich die Reiselust deiner Stimme übertrug« (Erzähler B). – »Um mir sagen zu können, der Tag sei geglückt, brauchte ich nie einen besonderen Augenblick – es genügte mir beim Erwachen so etwas wie ein bloßer Atem, ein Hauch, *un souffle*« (ein dritter Erzähler). Und fällt dir nicht auch auf, daß im allgemeinen über das

Geglücktsein des Tags bereits entschieden scheint, ehe der noch so recht angefangen hat?

Wir wollen, hier wenigstens, den Einzelaugenblick, den noch so großen, für den geglückten Tag nicht gelten lassen! (Lassen wir gelten eben nur den ganzen Tag.) Wohl aber sollen die erwähnten Momente, und besonders jene ersten des vollen Bewußtseins nach dem Schlaf der Nacht, den Ansatz, oder Einsatz, für die Linie der Schönheit und der Anmut geben. In der Weise, wie für den Tag der erste Punkt gesetzt ist, so soll es Punkt für Punkt, in hohem Bogen, weitergehen. In meinem Aufhorchen für einen Ton zeigt sich mir die Tonart für die gesamte Tagesreise. Der Ton braucht keine Klangfülle, er kann beliebig sein, selbst etwas, das bloßes Geräusch ist, Hauptsache, es glückt mir, dafür einmal ganz Ohr zu werden. Hatte nicht auch das Klicken der Knöpfe des Hemds, als du es heute früh von dem Stuhl streiftest, etwas von solcher Art Tagestongabel? Ja, und als ich gestern früh, statt blind und fahrig, bedachtsam, mit offenen Augen nach meiner ersten Sache griff, spielte mir das nicht den Rhythmus vor, in dem auch die folgenden Sachen des Tages anzugreifen gewesen wären? Und die Empfindung des Wassers oder des Winds, immer wieder, vom neuen Morgen im Gesicht – oder gehört hierher statt »Empfindung« besser »Innewerden« oder das einfache »Bemerken«? –, an den Augen, den Schläfen, dem Puls der beiden Hände: Hätte das nicht jeweils die Einstimmung sein können für mein Zusammengehen auch mit den künftigen Elementen des Tags, mein in sie Aufgehen, sie auf mich Wirkenlassen? (Antwort zunächst aufgeschoben.) Derart geglückter Augenblick: Wegzehrung? Impuls? – Stärkung, mit, es bleibt so, dem Geist, als Hauch, für den Fortgang dieses einen Tages; denn dergleichen Moment spendet Kraft, so daß das Erzählen von dem nächsten, gemäß wieder einer wörtlichen Übersetzung für »Augenblick« aus wieder einem Brief des Paulus, anheben könnte mit »Und in einem *Wurf* des Auges . . .«: In einem Wurf des Auges hätte der Himmel geblaut, und beim nächsten Wurf des Auges wäre aus dem Grün des Grases ein Grünen geworden, und . . . Wer hat schon einen geglückten Tag erlebt? Aber wer hat schon einen geglückten Tag erlebt? Und dazu die Mühsal, den Schwung jener Linie nachzuziehen!

Von dem bellenden Hund, der unsichtbar blieb, pufften die Atemwolken durch die Zaunritzen. Die paar übrigen Blätter an den Bäumen zitterten im Nebelwind. Hinter dem Vorort-Bahnhof begann gleich der Wald. Von den zwei Männern, welche die Telefonzelle wuschen, war der draußen ein Weißer und der drinnen ein Schwarzer.

Und wenn ich so einen Augenblick verpasse, hieße das, ich sei gescheitert am ganzen Tag?

Diesen letzten Apfel, statt bedachtsam gepflückt, blicklos vom Zweig gerissen – und alle die vorigen Übereinstimmungen zwischen dem Tag und mir wären nichtig? Unempfänglich für den Blick eines Kinds, ausgewichen dem Blick des Bettlers, nicht standgehalten dem Blick dieser Frau (oder auch bloß dieses Betrunkenen) – und Abbruch des Rhythmus, Sturz aus dem Tag? Und kein Neuanfang heute mehr möglich? Unwiderruflich am Tag gescheitert? Mit der Folge, daß sich mir das Licht des Tags nicht nur zu einem wie der meisten andern mindert, sondern auch noch, und das wäre seine Gefährlichkeit, umzukippen droht von der Formenhelle in die Formlosigkeitshölle? So daß, zum Beispiel, an solch einem mißglückten Tag jenes musikalische Klicken der Knöpfe am Holz, würde es sich jetzt wiederholen, ich verdammt wäre zu hören als Lärm? Oder mein Danebengreifen, in einem Moment der Achtlosigkeit, »blindlings«, an einem Glas, welches dadurch zersplittert, bedeutete dann, über das übliche Mißgeschick hinaus, die Katastrophe – auch wenn die um mich herum natürlich sagen, es sei keine – : den Einbruch des Todes in den laufenden Tag? Und ich müßte mich verurteilt erkennen als das vermessenste der Wesen, dafür daß ich, mit dem Unternehmen des geglückten Tags, so werden wollte wie ein Gott? Denn die Idee solch eines Tags – Augenblick für Augenblick sich weiterzubewegen auf dessen Höhe und dabei Licht um Licht weiterzutragen – ist doch etwas nur für so einen wie jenen unseligen Luzifer? Und so wird mein Versuch des geglückten Tags in jedem Moment umschlagen können in eine Geschichte von Mord und Totschlag, von Amoklauf, Verwüstung, Verheerung, Vernichtung und Selbstabschaffung?

Du verwechselst den geglückten Tag mit dem vollkommenen. (Von dem letzteren laß uns schweigen, wie von seinem Gott.) Möglich ein Tag, so unvollkommen wie nur je einer, an dessen Ende du unwillkürlich im stillen ausrufst: »Geglückt!« Denkbar der Tag, an welchem dir zugleich, schmerzhaft bewußt, noch und noch Augenblicke mißraten sind, und da du am Abend gleichwem so lang wie breit von einem *dramatischen Glücken* erzählen wirst. Daß du das Buch, welches dem Tag, wie du gleich bei der ersten Zeile spürtest, das richtige Segel gesetzt hatte, kurz darauf im Zug hast liegenlassen, muß nicht heißen, es sei der Kampf mit dem Engel des Tages nun verloren; auch wenn du das Buch nie wiederfindest, kann es doch sein, daß jenes verheißungsvolle Lesen auf andre Weise sich fortsetzt – vielleicht gar freier, freihändiger. Es scheint zum Glücken des Tags zusätzlich darauf anzukommen, wie ich die Abweichungen von der Linie, sowohl meine eigenen als auch die von der Frau Welt bescherten, gewichte (wieder so ein unschönes Wort, aber es zeigt sich dem Grübler – »einordne«? »abwäge«? »bemesse«? – kein mehr entsprechendes). Voraussetzung für die Expedition »Geglückter Tag« scheint eine gewisse Nachsicht mit mir selber zu sein, mit meiner Natur, mit meinen Unverbesserlichkeiten, wie auch eine Einsicht in das, sogar bei günstigsten Umständen, täglich Gegebene: die Tücke des Objekts, die bösen Blicke, das eine Wort im falschen Moment (und sei es nur aufgeschnappt von irgendwem im Gedränge). So kommt es bei meiner Unternehmung an auf die mir selbst eingeräumte Vorgabe. Wieviel Wegtrudeln, wie viele Achtlosigkeiten, wie viele Geistesabwesenheiten gestatte ich mir? Bei welcher Fassungsunfähigkeit und Ungeduld, bei welch neuerlich versäumtem Gerechtwerden, ab meinem wievielten verfehlten Handgriff, herzlosen oder auch bloß so dahergeredeten Satz (vielleicht gar nicht ausgesprochen) – ab der wievielten Zeitungsschlagzeile, mein Auge wie Ohr anspringenden Reklame, ab dem wievielten Stich, ab was für einem Schmerz bliebe trotzdem noch eine Offenheit für jenes Erschimmern, mit welchem, entsprechend dem episodischen Grünen und Blauen von Gras und Himmel, auch dem »Grauen« zuzeiten eines Steins, am fraglichen Tag das »Tagen« ausgriffe auf mich und den Raum? Ich bin zu streng mit mir, zu wenig gleichmütig im Mißgeschick mit den Dingen, zu voll der Ansprüche an die Epoche, zu sehr überzeugt von der heutigen Nichtigkeit: ich bin ohne Maß für ein Glücken des Tags. Ja, es ist, als gehörten dazu eine besondere Ironie, angesichts meiner selbst wie der tagtäglichen Gesetzlichkeiten und Zwischenfälle – Ironie aus Zuneigung –, und noch, wenn schon eine Art von Humor, der nach dem Galgen benannte. Wer hat schon einen geglückten Tag erlebt?

Sein Tag begann vielversprechend. Auf dem Fensterbrett lagen lanzenförmig ein paar Bleistifte zusammen mit einer Handvoll ovaler Haselnüsse. Sogar die Zahl der einen

Dinge wie der andern trug bei zu dem Wohlgefallen. Im Traum hatte ein Kind, welches in einem kahlen Raum auf dem bloßen Boden lag, als er sich zu ihm beugte, zu ihm gesagt: »Du bist ein guter Vater.« Auf der Straße pfiff wie jeden Morgen der Briefträger. Die alte Frau vom Nachbarhaus schloß schon wieder ihr Dachfenster, für den Rest des Tages. Der Sand auf den Lasterkolonnen unterwegs zum Neubaugebiet hatte das Gelb des Flugsands, aus dem auch die Hügel der Gegend bestanden. Mit dem Einwirkenlassen des Wassers aus der hohlen Hand auf das Gesicht war er sich, zugleich mit dem Wasser der Vorstadt hier, bewußt geworden des »Wassers von Joannina, jenseits des Pindus«, des »Wassers von Bitola in Mazedonien«, des Wassers von jenem Morgen in Santander, wo der Regen dem Anschein nach nur so niederstürzte, doch beim Gehen im Freien dann sich als ein so zartes Gewebe erwies, daß er fast trocken durch seine Maschen kam. Das Umwenden der Buchseite im Ohr, hörte er weit weg hinter den Gärten das sich an der Station verlangsamende Klopfen des Vorortzugs und im Krähengebrüll und Elstermeckern über dem Dach den einzelnen Spatzenlaut. Noch nie hatte er, als er nun aufblickte, den kahlen Einzelbaum fern oben am Hügelwaldrand gesehen, durch dessen Netzwerk, wie es im Wind changierte, bis herab in das Haus die Helligkeit des Plateaus durchschien, während auf dem Tisch, wo er las, der in die Decke genähte Buchstabe S ein Bild ergab mit einem Apfel und einem geschwungenen schwarzglatten Kiesel. Beim neuerlichen Aufblicken – »die Arbeit hat Zeit, ich habe Zeit, ich und sie, wir haben Zeit« – schwirrte es geradezu von dem Tag jetzt, und er bemerkte, wie er, ohne die Worte gesucht zu haben, im stillen dachte: »Heilige Welt!« Er ging hinaus in den Schuppen, um Holz zu machen für ein Kaminfeuer, das ihm eher als in die Nacht in solch einen Tag paßte. Mitten im Durchsägen des dicken und zähen Stamms geriet das

Werkzeug ins Stocken, und als er, aus dem Rhythmus gebracht, gewaltsam daran rukkelte, klemmte es vollends, er konnte die Säge nur, unverrichteter Dinge, herausziehen – es war mehr ein »Reißen« – und woanders neu ansetzen. Der Vorgang wiederholte sich: Verklemmen des Blatts am harten Kernholz, Geschiebe und Gerüttel, bis es beinahe nicht einmal ein Zurück gab . . ., und dann die Wucht, mit der das mehr zerfledderte als geschnittene Scheit dem Möchtegernhelden des Tags auf den Fuß stürzte, und dann, als das Feuer nach dem ersten Aufflammen mitsamt dem nur noch vor sich hinzischenden Holz unanfachbar zusammenfiel, das Verfluchen des heiligen Tags, mit eben den Ausdrücken, für die schon einst der ländliche Großvater dorfberühmt gewesen war, Maulhalten, ihr Vögel, Sonne, verschwinde. Später genügte das Brechen der Bleistiftspitze, und nicht nur der Tag, die Zukunft stand auf dem Spiel. Und als er begriff, daß gerade mit jenen Mißgeschicken der Tag hätte recht werden können, war das längst wieder ein anderer Tag. Das vergebliche Feueranzünden, mit Bedacht wahrgenommen – hatte das Verpuffen und Schwarzwerden der Glut nicht zugleich einen geheimnisvollen Moment von Gemeinschaft bedeutet? –, wäre ihm als ein Inbild erschienen all der nicht bloß persönlichen Vergeblichkeiten, und, dieses sich bewußt gemacht, hätte er innegehalten zur Geduld. Und ebenso war doch der Aufprall des Klotzes auf seinen Zehen nicht ausschließlich ein Schmerz gewesen. Es hatte ihn damit auch noch etwas anderes berührt, an derselben Stelle: etwas wie die freundschaftliche Schnauze eines Tiers. Und wieder war das ein Bild – Bild, in dem sämtliche Holzscheite von seinen Kindesbeinen an bis zum jetzigen Augenblick ihm versammelt auf die verschiedenen Schuhspitzen, Socken und die unterschiedlich langen Kind- und Erwachsenenfüße fielen, oder eher rollten, purzelten, tanzten, regneten: denn jene andere Berührung war von einer so wunderbaren Sanftheit, daß, hätte er für den Moment lang nur aufgemerkt, er ganz Staunen geworden wäre. Und in ähnlicher Weise, so wurde es ihm bewußt im nachhinein, mit dem Abstand, erzählten ihm jene Widrigkeiten beim Holzsägen doch eine vollständige Parabel, oder Fabel?, für sein Glücken des Tags. Zuerst galt es, in einem kleinen Ruck, für die Zähne den Ansatz zu finden, die Kerbe, in der es dann weiterginge. Danach bekam das Durchsägen des Stamms seinen Rhythmus, und eine Zeitlang geschah es leicht und machte Vergnügen, und eins gab so das andere: mit dem Holzmehl, das an den Seiten wegstob, kringelten sich die winzigen Blätter des benachbarten Buchsbaums, und das sich in ihm verfangende Laub knisterte inmitten des Sägezahnknirschens; dem Rumpeln einer Mülltonne folgte das Dröhnen einer Düsenmaschine hoch oben. Dann, in der Regel allmählich und, blieb er nur bei der Sache, im voraus schon spürbar, geriet die Säge hinein in eine andere Sphäre des Holzes. Hier hieß es, den Rhythmus zu ändern – ihn zu verlangsamen, jedoch, und das war die Gefahr, ohne dabei zu stocken oder ein Hin und Her zu überspringen: auch bei wechselndem Rhythmus hatte die Gesamtbewegung des Sägens ihr Gleichmaß zu wahren; ansonsten, so oder so, blieb das Gerät mittendrin stecken. Es mußte, wenn überhaupt noch möglich, herausgezogen und neu angesetzt werden, und das letztere, so lehrte ihn die Fabel, besser nicht an derselben, auch nicht an einer gar zu nahen, sondern an einer ganz neuen Stelle, denn ... Glückte beim zweiten Versuch nun der Sphärenwechsel und geschah das Sägen, endlich dort in der unteren Hälfte des Stamms, wo die Zacken dem beschwingt Dahinsägenden längst aus dem Blick waren – in seinen Gedanken befand er sich schon woanders, machte seinen Plan für den Abend, oder sägte anstelle des Holzes einen menschlichen Widersacher entzwei –, dann drohte aber, wenn nicht die übersehene Astgabel, so (meist gerade um eine Fingerbreite weg von dem Punkt, an dem das so weit durchschnittene Holzstück ohnehin dem Säger von selbst in den Schoß fiel) jene sehr schmale und um so härtere Schicht, in der der Stahl auf Stein, Nagel, Knochen in einem traf und das Unternehmen sozusagen im letzten Takt scheiterte: kurz noch, für dritte Ohren, ein Singen – für den Säger selbst eher eine Katzenmusik – und aus. Dabei wäre er doch so nah dran gewesen, daß das Sägen für sich, das bloße Sich-Zusammenfinden und Zusammensein mit dem Holz da, seiner Rundung, seinem Duft, seinem Muster, nichts als das Durchmessen der Materie da, samt dem Eingehen auf deren Eigenheiten und Widerstände, ihm ideal den Traum von einer Zeit des interesselosen Wohlgefallens verkörperte. Und ebenso hätte der abbrechende Bleistift . . . und so weiter, und so weiter im Tag. Also käme es, dachte er im nachhinein, beim Versuch des geglückten Tags darauf an, jeweils im Moment des Mißgeschicks, des Schmerzes, des Versagens – der Störung und der Entgleisung –, die Geistesgegenwart aufzubringen für die andere Spielart dieses Moments und ihn so zu verwandeln, einzig durch das aus der Verengung befreiende Bewußtmachen, jetzt gleich, im Handumdrehen, oder eben Bedenken, wodurch der Tag – als sei das für das »Glücken« gefordert – seinen Schwung und seine Schwingen bekäme.

Nach all dem scheint dein geglückter Tag fast ein Kinderspiel?

Keine Antwort.

Es wurde Mittag. Der Reif der Nacht war selbst in den Schattenwinkeln des Gartens getaut, und indem sich die Gräser aus ihrer Gekrümmtheit und Starre aufrichteten, ging ein weiches Wehen durch sie. Eine Stille kam auf, wie sie Bild wurde beim Unterwegssein in der Sonne auf einer mittäglich freien Landstraße mit jenen paarweisen, gewandfarbenen Faltern, die, unversehens aus dem Leeren getaucht, sich rückwärts zu nähern schienen und jeweils so nah an den Gehenden kamen, daß der Wanderer – als ein solcher sah er sich in diesen Augenblicken tatsächlich – an seinen Ohrmuscheln meinte, das Vibrieren der Flügelgelenke zu hören, welches sich zugleich auf seine Schritte übertrug. Erstmals vernahm er, ins kaum bewohnte Haus hinein, hinter dem Mittagsläuten der Vorstadtkirche auch jenes des westlichen Nachbarorts (der, wie hier üblich, ohne Übergänge und Zwischenräume, auf der andern Straßenseite begann), und mit einem leibhaftigen Klang: Zusammenrufen all der Vereinzelten in den verschiedenen Richtungen. Ein Traumbild kehrte zurück, von steinigen Wüstenbergen um die große Stadt Paris tief unten in einem Kessel, auf die aus der lautlosen Dämmerung von sämtlichen Kuppen und Hängen plötzlich die inbrünstigen Rufe der Muezzin hinabgeschallt kamen. Er schaute unwillkürlich auf von der Schriftzeile, wo er sich gerade befand, und ging mit der Katze draußen durch den Garten, in einer langen, geschweiften Diagonale, wobei ihm in den Sinn kam, wie ihm einstmals eine andere Katze jeweils den beginnenden Regen angezeigt hatte, indem sie schon beim winzigsten Tropfen auf ihrem Fell vom fernen Horizont her unter den Schutz des Vordachs galoppierte. Er ließ den Blick kreisen, betrachtete, seit Wochen nun Tag für Tag, wie immer noch, als letzte Gartenfrucht, die massige Birne im leeren Baum hing, im Handteller augenblicks spürbar die Fruchtschwere, wie jenseits der Straße, im Nachbarort, ein schwarzhaariges Chinesenmädchen, die mehrfarbige Schultasche auf dem Rücken, durch einen Zaun hindurch nicht müde wurde, den hellblauäugigen Alaskahund zu streicheln (ohne daß er es hörte, wurde in seiner Vorstellung, um so nachhaltiger, dessen Wimmern laut), wie, noch um ein paar Blickgrade weiter, im Häuserspalt am Fluchtpunkt der Straßen, der Sonnenreflex eines durchfahrenden Zugs momentweise, gleichsam wortlang, »einsilbig« das Dammgras anblitzte, wobei ihm ein leerer Sitz in einem Abteil erschien, aufgeschlitzt von einem Messer und mit einer märchenhaften Sorgfalt, Kreuzstich dicht auf Kreuzstich in dem starren Plastikzeug, wieder zusammengenäht, er fühlte sich aus dem Abstand geradezu an die den Faden straffende Hand genommen. Und so streiften seine Stirn seine Toten; er schaute ihnen zu, so wie auch sie ihm, der nichts tat als saß, zuschauten, verständnisvoll, ganz im Unterschied zu ihren Lebzeiten. Was war an einem Tag mehr zu schaffen, entdecken, erkennen, wiederzufinden? Seht her: kein König der Ewigkeit, kein König des Lebens (und wenn auch bloß ein »heimlicher«) – der König des Tages! Und seltsam nur, daß an diesem Punkt eine Kleinigkeit reichte, ihn von dem eigenmächtigen Thron zu kippen. Angesichts des Passanten, der, aus der Seitenstraße geschlendert, den Mantel über dem Arm, einhielt, sich die Taschen abklopfte und schnell wieder umkehrte, sprang sein Mitgehen um ins Außersichsein. Aufhören! Doch einmal in der Ekstase, fand er nicht mehr in sich zurück: Da, der gelbe Schnabel der Amsel! Und am Ende der Allee der bräunliche Rand der allein noch blühenden Malve! Und das im Fallen an einer unsichtbaren Schnur ruckende und zum Schein wieder auf in die Sonne steigende Blatt als ein leuchtfarbiger Drachen! Und der Horizont schwarz von einem Schwarm so monumentaler wie nichtssagender Wörter! Aufhören, Ruhe! (Ekstase hieß für ihn Panik.) Aber Punkt, Schluß, es – das Lesen, das Schauen, das Mit-im-Bild-Sein, der Tag – ging nicht mehr weiter. Was jetzt? Und unversehens, nach der Springprozession der Formen und Farben in der Ekstase, verlegte, lang vor dem Abend, der Tod den Weg durch diesen Tag. Sein Stachel, ja, brach mit einem Schlag durch das Gegaukel. Gab es demnach etwas Hirnrissigeres als die Idee vom geglückten Tag? Hat der Versuch über ihn nicht ganz neu, mit einer grundandern Einstellung, etwa eben des Galgenhumors, anzufangen? Ist für das Glücken des Tags keine Linie zu schaffen, nicht einmal eine labyrinthische? Aber heißt das nicht, daß so ein Immer-wieder-Neuansetzen des Versuchs auch eine Möglichkeit ist, seine besondere? Der Versuch muß sein. Daß der Tag (das Ding »Tag«) in der Epoche jetzt mein Erzfeind geworden sei, nicht umzuwandeln in einen mir fruchtenden Haus- und Weggenossen, in ein leuchtendes Muster, in einen nachhaltigen Duft, daß der Vorwurf »geglückter Tag« eher etwas Diabolisches ist, des Teufels, des *Durcheinanderwerfens*, ein Schleiertanz mit nichts dahinter, ein betörendes Zungenspiel, nach dem alsbald das Verschlingen kommt, ein Richtungspfeil, der sich beim Befolgen zur Schlinge schließt: mag sein, es ist so, nur ist es mir, bei all dem Scheitern, das ich bisher vielleicht mit dem versuchten Glücken des Tages erlebt habe, nicht denkbar, ich kann nicht *sagen*, auch jetzt nicht, noch immer nicht, die Idee vom geglückten Tag sei Wahn oder Spuk, und so kann das auch nicht der Fall sein. Wohl aber kann ich sagen, daß die Idee in der Tat eine Idee ist, denn ich habe sie mir nicht angelesen oder ausgedacht, vielmehr sie kam mir, in einer Zeit der Not, mit dem Schwung, der mir noch jedesmal glaubhaft war, jenem der Phantasie. Die Phantasie ist mein Glaube, und die Idee vom geglückten Tag wurde geformt in deren glühendem Augenblick, und sie leuchtete mir nach jedem der tausend Schiffbrüche mit ihr am folgenden Morgen (oder Nachmittag) frisch vor, so wie in dem Gedicht Mörikes eine Rose »vorleuchtet«, und ich konnte mit ihrer Hilfe immer wieder einen Neuanfang machen, das Glücken des Tags mußte versucht werden – auch wenn sich am Ende hier etwa zeigte, daß diese Frucht hohl oder vertrocknet war: so erübrigte sich zumindest für alle Zukunft diese vergebliche Liebesmühe, und der Weg wäre vielleicht um so freier für etwas ganz anderes? Und es hatte Bestand auch noch die Erfahrung: daß gerade ein Nichts an Tag (wo nicht einmal die wechselnden Lichter mitspielten, kein Wind, kein Wetter) die äußerste Fülle verhieß. Nichts war, und wieder war nichts, und wieder war nichts. Und was tat dieses Nichts und wieder Nichts? Es bedeutete. Es war mehr möglich mit nichts als dem Tag, weit, weit mehr, mir wie dir. Und darum ging es hier: das Nichts unsrer Tage, das galt es jetzt »fruchten« zu lassen, von Morgen bis Abend (oder auch Mitternacht?). Und ich wiederhole: die Idee war Licht. Die Idee ist Licht.

Das Schwarz des namenlosen Waldweihers. Die Schneewolken über dem Horizont der Ile de France. Der Geruch der Bleistifte. Das Ginkgoblatt auf dem Felsblock im Garten des »Cinema La Pagode«. Der Teppich im obersten Fenster des Bahnhofs von Vélizy. Eine Schule, eine Kinderbrille, ein Buch, eine Hand. Das Sausen an den Schläfen. Erstmals in diesem Winter das kräftige Krachen des Eises unter den Sohlen. Er bekam Augen für den besonderen Stoff des Lichtes in der Bahnunterführung. Lesen in der Hokke, nah am Gras. Beim Laubrechen plötzlich eine Schwade in der Nase wie die Essenz des zu Ende gehenden Jahres. Das Geräusch des Zuges, wenn er in der Station einfuhr, mußte »Pochen« heißen (nicht »Klopfen«). Und das letzte durch den Baum fallende Blatt »knisterte« nicht, es »schnalzte«. Und ein Unbekannter tauschte mit ihm unwillkürlich einen Gruß. Und wieder zog die Greisin ihren Korbwagen zum vorstädtischen Wochenmarkt. Und das übliche Nichtweiterwissen eines auswärtigen Autofahrers in der hiesigen Abgelegenheit. Und dann im Wald das Ergrünen des Weges, auf dem er einst, sooft es etwas zu bereden galt, mit seinem Vater gegangen war, und der in dessen Sprache sogar einen Namen hatte, *zelena pot*, eben der Grüne Weg. Und dann in der Bar bei der Dorfkirche der nächsten Vorstadt der Pensionist, dem die Uhrkette des Großvaters in einer geschwungenen Linie vom Bauch in die Hosentasche führte. Und er übersah für einmal den bösen Blick eines Alteingesessenen. Und die sprichwörtliche »Dankbarkeit für die Störung« (statt des Unwillens): für einmal gelang solche Verwandlung. Warum aber dann, mitten an dem vergnüglichen Nachmittag, die jähe Angst vor dem weiteren Tag, nichts als dem Tag? Als gäbe es für die bevorstehenden Stunden kein Durchkommen (»der Tag wird mit mir Schluß machen!«), keinen Ausweg mehr? Das Lehnen der Leiter im Vorwinterbaum – ja und? Das Blauen der Blumen tief im Gras des Bahndamms – ja und? Stocken, Bestürzung, ja eine Art von Grauen, und die heitere Stille verjagt von noch und noch Sprachlosigkeiten. Eden brennt. Und dagegen, oder für das Glücken des Tags, es zeigt sich jetzt wieder, gibt es kein Rezept. »O Morgen!«, der Ausruf, er wirkt nicht. Lesen zu Ende, Tag zu Ende? Im-Wort-Sein zu Ende, Tag zu Ende? Und solche Stummheit schließt auch jedes Beten aus, es sei denn ein so unmögliches wie »Morgene mich«, »frühe mich«, »fang mich neu an«. Wer wußte, ob nicht manche rätselhafte Selbstmorde insgeheim die Folge gerade so eines versuchten, mit einem herzhaften Aufschwung begonnenen und auf der vermeintlichen Ideal-Linie geschehenden Tagglückens waren? Aber mein Nichtbestehen des Tags, sagt es mir nicht andrerseits doch etwas? Daß ich eine falsche Ordnung in mir habe? Daß ich nicht gemacht bin für den ganzen Tag? Daß ich den Morgen nicht am Abend suchen darf? Oder doch?

Und er ließ es neu anfangen. Wie war der Tag im ganzen gewesen, als in ihm auf der Tangente des Vorortzugs hoch über dem großen Paris wieder die Idee vom geglückten Tag aufgelebt war? Was war vor jenem Erglühen, was kam danach? (»*Ausculta, o fili*, höre, o Sohn«, sagte der Engel in der Kirche am Bodensee, wo der Kalkstrich auf dem schwarzen Kiesel ihm Hogarths »Line of Beauty and Grace« nachgezeichnet hatte.) – Vorausgegangen war, so erinnerte er sich, eine Alptraumnacht, verbracht auf der Matratze in einem sonst vollkommen leeren Haus einer südlichen Pariser Vorstadt. Der Traum bestand in nichts als einem, so schien es, nachtlangen, reglosen Bild, wo er, bei gleichbleibendem Dämmerlicht und lautloser Luft, sich ausgesetzt fand auf einen himmelhohen nackten Felsen, allein und für den Rest des Lebens. Und was geschah, war einzig, und das unaufhörlich, Herzschlag um Herzschlag, das Weltverlassensein, bei der Erstarrtheit des Planeten ein um so heißerer Fiebersturm, im Herzen selbst. Aber mit dem Erwachen, endlich, war es, als habe gerade solch nachtlanges Fiebern ihm die Verlorenheit ausgebrannt, zunächst jedenfalls.

Über dem halbvertrockneten Garten blaute der Himmel, zum ersten Mal seit langem. Er behalf sich aus dem Schwindelgefühl mit einem Tanzschritt, »Tanz des Schwindligen«. Es wurde ihm grün vor den Augen: die Zypresse an der Gartenmauer. Im Zeichen der Trauer und dieses Grün begann er den Tag. »Was wäre ich ohne Garten?« dachte er. »Ich möchte nicht mehr sein ohne Garten.« Und immer noch war ein Schmerz in der Brust, ein Drache, der da fraß. Spatzen landeten im Gebüsch, wieder einmal die Vögel des rechten Moments. Er sah eine Leiter und wollte hinaufsteigen. Im Rinnstein schwamm das Richtscheit eines Maurers, und weiter hinten in der Straße schob die junge Briefträgerin ihr Rad mit der gelben Tasche. Statt »propriété privée, défense d'entrer« las er ». . . défense d'aimer«. Es war später Vormittag, und er ließ sich die Stille des Orts im Gehen durch die geöffneten Finger wehen. Schläfen, geblähte Segel. Er sollte heute noch einen Aufsatz über das Übersetzen beenden, und endlich hatte er auch ein Bild für so ein Tun: »Der Übersetzer spürte sich sacht am Ellbogen genommen.« Arbeit oder Liebe? Hin zur Arbeit, um die Liebe wiederzufinden. In der Nordafrikanerbar hob der Mann hinter der Theke gerade an: »O rage! O désespoir ...«, und eine Frau sagte beim Hereinkommen: »Es riecht heute hier nicht nach Couscous, sondern Ragout«, worauf der Wirt antwortete: »Nein, das ist kein Ragout, das ist die Sonne, die zurück ist – merci pour le soleil.« Gib mir den Tag, gib mich dem Tag. Nach einer weiten Busfahrt durch die südlichen und dann schon westlichen Vorstädte, und einem Gehen durch die Wälder von Clamart und Meudon, an einem Tisch im Freien, am Ufer eines Waldteichs, das Fertigschreiben der Skizze vom Übersetzen, wobei er sich mit dem letzten Satz zugleich von diesem lossagte: »Nicht der sichere gesenkte Blick auf das Vorhandene, das Buch, sondern der in Augenhöhe, ins Unsichere!« Es war, als röteten sich die Erdbeeren am Wegrand im Zusehen. »Der Wind übernahm ihn.« In den Sinn kam ihm der Rabe, der in seinen Traum der Verlassenheit hineingebrüllt hatte »wie eine Panzerfaust«. Am Teich des nächsten Walds aß er ein Sandwich auf der Terrasse der Anglerbar. Ein sehr feiner Regen fiel, in Spindelform, so als freue er sich selber an dem Ereignis. Und dann, mitten am Nachmittag, eben jene Zugfahrt außen oben um Paris herum, erst nach Osten, danach im Bogen nach Norden und zurück in den Bogen ostwärts – so daß er an einem einzigen Tag fast die ganze Weltstadt umkreiste –, wo die Idee vom geglückten Tag wiederkehrte, nein, »wiederkehrte« war nicht das richtige Wort, es mußte heißen »sich verwandelte«: wo die Idee vom geglückten Tag sich ihm verwandelte von einer Lebens- in eine Schreibidee. Das Herz, das zugleich immer noch schmerzte von der Alpnacht, wurde weit wie der Anblick zu Füßen der »Seine-Höhen« (nachfühlbar auf einmal der Name des

Departements). Illusion? Nein, das eigentliche Lebenselement. Und dann? Jetzt, ein halbes Jahr später, im Vorwinter, erinnerte er sich, wie nach dem überhellen Licht jenes einen »Augenwurfs« der dunkle, unterirdische Streckenteil bei La Défense ihm geradezu willkommen gewesen war. Beschwingt ließ er sich in der Wandelhalle, die im Französischen, wörtlich übersetzt, »Saal der verlorenen Schritte« hieß, der Gare Saint-Lazare von der Feierabendmenge stoßen und rempeln – er hatte in der Tat ein Gefühl von Feierabend. Im Büro von American Express bei der Oper versorgte er sich mit so viel Bargeld wie nur möglich und wartete zuvor in der langen Schlange mit einer seltenen, ihm nicht ganz geheuren Geduld. Er staunte über die Größe und Leere der Büro-Toilette und blieb dort über die Zeit, sich um und um schauend, als gebe es selbst an einem solchen Ort etwas zu entdecken. Als Teil der Menge stand er vor dem Fernseher einer Bar der rue St. Denis, wo gerade ein Spiel der

Fußball-Weltmeisterschaft lief, und jetzt entsann er sich doch seines Unbehagens, daß es ihm nicht recht gelungen war, jeden Seitenblick auf die bis in die Tiefe der Hausflure und Hinterhöfe gestaffelten Frauen der Straße zu vermeiden – so als gehöre zu einem derartigen Tag auch das Übersehenkönnen. Und dann? Es schien, er habe alles Weitere aus dem Bewußtsein verloren, bis auf den einen Moment später am Abend, da er, mit einem Kind auf den Knien, an einer Art Schülerpult hier und da ein Wort an seiner Skizze zum Übersetzen ausbesserte – im Gedächtnis ein eigentümliches Bild von beidhändigem Jonglieren –, und auf die Stunde der Nacht, als ich, in einem Gartenlokal, mit deinem Gegenüber unabsichtlich ins Erzählen geriet, und dieses als ein sanftestmögliches Öffnen oder Aufbrechen von dir andrer, mit mir selbst, wirkte. Bezeichnet blieb der Tag, seinerzeit wie jetzt, von jener gewaltigen S-Kurve des Zugs, zu sehen nur aus der Vogelperspektive, gespürt aber im ganz-Innern, als der schönste aller Mäander, parallel, nur viel weiter ausschwingend, zu dem der Seine in der Tiefe, wiedergefunden einen Monat später an Hogarths Palettenfurche in einem stillen Winkel der Tate Gallery, und einen weiteren Monat danach in der weißen Ader des Kiesels am Ufer des herbststürmischen Bodensees, im Augenblick jetzt in eine Richtung laufend mit den Bleistiften hier auf dem Tisch: das ist jenes Tages bleibender Umriß. Und seine Farbe ist das Helldunkel. Und sein Beiwort, wie das der Idee, die er mir gab, ist mit Recht einmal das »phantastisch«, und sein Hauptwort, nach der nächtlichen Ausgesetztheit allein, das »Mit«.

Also war dein Tag der Idee, einen Versuch über den geglückten Tag zu schreiben, selber dieser geglückte Tag?

Damals war es vor dem Sommer, über dem Garten flogen, »so hoch!«, die Schwalben, ich teilte die Lust einer jungen Frau am Nachziehen der geschwungenen Krempe eines Strohhuts, das Pfingstfest wurde lebendig im Nachtwind des Vororts, der Kirschbaum stand fruchtrot an den Schienen, der tagtägliche Garten bekam den Namen »Garten der gewonnenen Schritte« – und jetzt war es Winter, wie er sich zum Beispiel zeigte auf der gestern, zu meiner Vergewisserung, wiederholten Fahrtkurve, am Bahngeländer als das graue Blühen der Waldrebenbäusche vor dem nebelgespinstigen Eiffelturm, das Vorbeiflitzen der Schneebeeren an den fernen Türmen von La Défense, das Vorbeizucken der Akaziendornen an dem nur ahnbaren diesigen Weiß der Kuppeln von Sacré-Cœur.

Noch einmal: War jener Tag demnach ein geglückter?

Keine Antwort.

Ich glaube, nein, ich weiß es, kraft der Phantasie: Wieviel mehr wäre mit dem Tag zu machen, mit nichts als dem Tag. Und jetzt, in meinem Leben, in deinem, in unsrer beider Epoche, ist sein Moment. (»We lost our momentum«, sagte der Kapitän einer Baseballmannschaft, die schon daran gewesen war, ihr Spiel zu gewinnen.) Der Tag steht in meiner Macht, für meine Zeit. Wenn ich es nicht jetzt mit dem Tag versuche, dann habe ich seine Möglichkeit auf Dauer verspielt, erkenne ich doch, immer öfter, und mit immer größerem Zorn, gegen mich selber, wie mit der vorrückenden Zeit mehr und mehr Augenblicke meiner Tage mir etwas sagen, wie ich aber weniger und weniger von ihnen fasse und, vor allem, würdige. Ich bin, ich muß es wiederholen, empört über mich, daß ich unfähig bin, das Licht des Morgens am Horizont, welches mich gerade noch hat aufblikken und zur Ruhe kommen lassen (*in* die Ruhe kommen, steht beim Briefschreiber Paulus), zu halten, daß das Blau des Heidekrauts auf dem Lesetisch, zu Beginn der Lektüre noch das Zeichen des Mittelgrunds, ein paar Seiten später bereits ein wirrer Fleck im Nirgendwo ist, und daß bei Einbruch der Dämmerung die stille Gestalt der Amsel im Gartenstrauch, eben noch »der Umriß der Abendinsel nach dem Tag auf dem offenen Meer«, ein Uhrticken später schon nichts mehr ist – bedeutungslos, vergessen, verraten. Ja, so ist es: Ich sehe mich mit den Jahren – und um so reicher mich die Augenblicke anmuten, desto heftiger zum Himmel schreiend – als einen Verräter an meinem Tag, Tag um Tag. Tagvergessen, weltvergessen. Immer neu nehme ich mir vor, dem Tag, mit der Hilfe, an der Hand jener Augenblikke treuzubleiben – »maintenant«, handhaltend, so ist dein Wort für »jetzt« –, indem ich sie erfassen möchte, bedenken, bewahren, und täglich, kaum habe ich mich von ihnen abgewendet, sind sie mir, buchstäblich, entfallen, wie zur Strafe für mein Sie-Verleugnen, welches allein schon darin bestand, mich von ihnen abzuwenden. Immer weniger der dabei immer zahlreicheren vielsagenden Momente des Tages, ja, das ist der Ausdruck, *zeitigen* mir etwas. Der Moment der Kinderstimmen heute früh im Hohlweg: er hat nichts gezeitigt, er wirkt jetzt am Nachmittag, bei landeinwärts ziehenden schneeigen Wolken, nicht nach – und war mir der Winterwald von ihnen doch »verjüngt« erschienen ... Und ist demnach die Zeit für meinen Versuch des geglückten Tags nicht vorbei? Habe ich den Moment verpaßt? Hätte dafür »früher aufstehen sollen«? Und es entspräche der Idee solch eines Tags, statt eines Versuchs, eher die Psalmenform, ein wohl im voraus vergebliches Flehen? Tag, zeitige mir etwas, mehr, alles an dir. Zeitige mir das Ticken der Weidenblattlanzen beim Durch-die-Luft-Fallen, den linkshändigen Schalterbeamten, der, in sein Buch vertieft, mich wieder einmal auf den Fahrschein warten läßt, die Sonne auf der Türklinke – zeitige mich. Ich selber bin mein

Feind geworden, zerstöre mir das Licht des Tags; zerstöre mir die Liebe; zerstöre mir das Buch. Je öfter inzwischen meine Einzelmomente erklingen als reine Selbstlaute – »Selbstlaut«: noch ein anderes Wort für solch einen Augenblick –, um so seltener finde ich dazu den Konsonanten, mit dem sie mir durch den Tag weiterschwingen. Der Schein am Ende des Sandwegs zum namenlosen Weiher: Ah!, und gleich danach verklungen, wie nie gewesen. Göttliches, oder du, jenes »Mehr als ich«, das einst »durch die Propheten« sprach und danach »durch den Sohn«, sprichst du auch in der Gegenwart, pur durch den Tag? Und warum kann ich, was so durch den Tag spricht und, ich glaube es kraft der Phantasie, ich weiß es, mit jedem Moment neu anhebt zu sprechen, nicht halten, nicht fassen, nicht weitergeben? »Der ist, und der war, und der sein wird«: Warum läßt sich das nicht, wie seinerzeit von »dem Gott«, von meinem heutigen Tag sagen?

An dem geglückten Tag – Versuch einer Chronik desselben – lagen die Taukügelchen auf einer Rabenfeder. Wie üblich, stand die alte Frau, wenn auch eine andre als gestern, im Zeitungsgeschäft, den Einkauf längst schon getan, und sprach sich aus. Die Leiter im Garten, Inbild des Aus-sich-Heraussteigen-Sollens, hatte sieben Sprossen. Der Sand auf den Lastern der Vorstadt zeigte die Farbe der Fassade von St. Germain-des-Prés. Das Kinn einer jungen Leserin berührte sich mit dem Hals. Ein Blechkübel nahm seine Form an. Eine Briefkastensäule wurde gelb. Die Marktfrau schrieb ihre Rechnung in den Handteller hinein. An dem geglückten Tag geschieht es, daß ein Zigarettenstummel im Rinnstein rollt, ebenso wie eine Tasse auf einem Baumstumpf raucht und in der finsteren Kirche eine Stuhlreihe hell von der Sonne ist. Es geschieht, daß die paar Männer im Café, selbst der Schreihals, für einen langen Augenblick miteinander schweigen, und daß der Ortsfremde mit ihnen mitschweigt.

Es geschieht, daß das geschärfte Gehör für meine Arbeit mich zugleich öffnet für die Geräusche meiner Umgebung. Es geschieht, daß dein eines Auge kleiner ist als das andre, daß über den Waldstrauch die Amsel springt, und daß ich beim Sichheben der untersten Äste das Wort »Aufwind« denke. Es geschieht zuletzt sogar, daß nichts geschieht. An dem geglückten Tag wird eine Gewohnheit ausbleiben, wird eine Meinung verschwinden, werde ich überrascht sein, von ihm, von dir, von mir selbst. Und neben dem »Mit« wird noch ein zweites Hauptwort regieren, das »Und«. Im Haus werde ich einen bis dahin übersehenen Winkel entdekken, in dem »man ja wohnen kann!« Beim Einbiegen in eine Seitenstraße wird »Wo bin ich? Hier bin ich noch nie gewesen!« ein unerhörter Moment sein, ebenso wie angesichts der helldunklen Zwischenräume in einer Hecke sich das Pioniergefühl »Neue Welt!« einstellen wird und auf einem kleinen Wegstück über das übliche hinaus beim Blick zurück der Ausruf kommen wird »Das habe ich noch nie gesehen!« Deine Ruhe wird zugleich, wie manchmal bei einem Kind, ein Staunen sein. An dem geglückten Tag werde ich rein sein Medium gewesen sein, schlicht mit dem Tag mitgegangen sein, mich von der Sonne haben bescheinen, vom Wind anwehen, vom Regen anregnen lassen, mein Zeitwort wird »gewährenlassen« gewesen sein. Dein Inneres wird ebenso vielfältig geworden sein wie im Lauf dieses Tages die Außenwelt, und das Beiwort des Odysseus, der »Vielherumgetriebene«, wirst du am Ende des Tags dir übersetzt haben in den »Vielfältigen«, und von solcher Vielfalt wird es in dir getanzt haben. An dem geglückten Tag hätte der Held über seine Mißgeschicke »lachen« können (oder zumindest bei dem dritten zu lachen angefangen). Er wäre in der Gesellschaft der Formen gewesen – auch nur der verschiedenen Blätter auf dem Boden. Sein Ich-Tag hätte sich geöffnet zum Welt-Tag. Jeder Ort hätte seinen Augenblick bekommen, und er hätte davon sagen können: »Das ist es.« Er hätte ein Einverständnis erreicht mit seiner Sterblichkeit (»keinmal verdarb dem Tag der Tod das Spiel«). Sein Beiwort zu allem wäre ein stetiges »Angesichts« gewesen, angesichts deiner, angesichts einer Rose, angesichts des Asphalts, und die Materie, oder die »Stofflichkeit«?, hätte ihm nach Schöpfung gerufen, noch und noch. Er hätte freudig getan und fröhlich nichts getan, und zwischendurch hätte ihn eine Last auf dem Rücken mit Wärme versorgt. Für den Augenblick, für einen »Wurf des Auges«, wortlang, wäre er plötzlich du geworden. Und am Ende des Tags hätte dieser nach einem Buch gerufen – mehr als bloß einer Chronik: »Märchen des geglückten Tags«. Und ganz am Ende wäre noch das glorreiche Vergessen gekommen, daß der Tag zu glücken habe. . . .

Hast du schon einen geglückten Tag erlebt?

Jeder, den ich kenne, hat einen erlebt, in der Regel sogar viele. Dem einen genügte es, wenn ihm der Tag nur nicht zu lang wurde. Der andere sagte etwa: »Auf der Brücke stehen, den Himmel über mir. Am Morgen mit den Kindern gelacht, Schauen. Nichts Besonderes, Schauen bringt Glück.« Und für den dritten bedeutete bereits die Vorstadtstraße, durch die er gerade gegangen war, mit den Regentropfen, die draußen, an dem Riesenschlüssel der Schlosserei, hingen, mit dem Sieden des Bambus in einem Vorgarten, mit der Dreizahl der Schalen von Mandarinen, Trauben, geschälten Kartoffeln außen auf einem Küchensims, mit dem Taxi, das wieder vor dem Haus des Chauffeurs parkte, solch einen »geglückten Tag«. Jenem Priester, dessen häufigstes Wort »Sehnsucht« war, galt ein Tag mit dem Moment als geglückt, da er eine Stimme hörte, die freundlich war. Und hatte nicht auch er selbst immer wieder nach einer Stunde, in der nichts sich ereignet hatte, als daß ein Vogel sich drehte an einem Ast, ein weißer Ball in einem Gebüsch lag und die Schüler auf dem Bahnsteig in der Sonne saßen, unwillkürlich gedacht: »Das war jetzt schon der ganze Tag«? Und kamen ihm nicht oft, wenn er sich am Abend den vergangenen Tag ins Gedächtnis rief – ja, es war eine Art Rufen –, als Namen dafür in der Regel die Dinge oder Orte eines bloßen Augenblicks in den Sinn: »Das war der Tag, an dem der Mann mit dem Kinderwagen durch die Laubhaufen kurvte«, »das war der Tag, an dem die Geldscheine des Gärtners vermischt waren mit Halmen und Blättern«, »das war der Tag des leeren Cafés, wo mit dem Brummen der Kühlung das Licht umsprang . . .« Warum sich also nicht begnügen mit der geglückten einzelnen Stunde? Warum nicht kurzweg den Augenblick zum Tag erklären?

Ungarettis Gedicht »Ich erleuchte mich/Mit dem Unermeßlichen« hat den Titel »Morgen«: Könnten die beiden Zeilen auch vom

»Nachmittag« handeln? Haben dir tatsächlich erfüllter Augenblick oder erfüllte Stunde gereicht, am Ende die ewige Frage zu unterlassen, ob du auch mit diesem Tag wieder einmal versagt hast? Unmöglicher Versuch des geglückten Tags – warum bescheiden wir uns nicht mit dem »des nicht völlig mißglückten«? Und gäbe es deinen geglückten Tag – war denn die Phantasie, so reich und wunderbar er auch in ihr schwirrte, nicht begleitet von der seltsamen Angst wie vor einem fremden Planeten, und dein üblich mißglückter Tag schien dir da Teil des Planeten Erde, als eine Art, mag sein verhaßter, Heimat? So als sei hier nichts zu glücken; und wenn, in der Grazie? in der Gnade? in der Grazie *und* der Gnade?, einmal doch – hätte das heutzutage nicht etwas Ungehöriges, Unverdientes, geschafft vielleicht gar auf Kosten eines andern? Warum kommt mir bei »geglückter Tag« jetzt der sterbende Großvater in den Sinn, der in seinen letzten Tagen nur noch mit den Fingern über die

Kammerwand kratzte, von Stunde zu Stunde tiefer unten? Ein einzelnes Glücken, bei dem ständigen allgemeinen Scheitern und Verlorengehen, was zählt es?

Nicht nichts.

Der Tag, von dem ich sagen kann, daß er »ein Tag« war, und der Tag, an dem ich mich bloß so fristete. In der Rabenfrühe. Wie haben es die Leute bis jetzt nur geschafft, mit ihren Tagen? Wie kam es, daß in den alten Erzählungen für »Viele Tage vergingen« so oft steht: »Viele Tage erfüllten sich«? Verräter am Tag: mein eigenes Herz – es verjagt mich aus dem Tag, klopft, hämmert mich aus ihm heraus, Jäger und Gejagtes in einem. Ruhig! Weg mit den Hintergedanken. Das Laub in den Gartenschuhen. Ausscheren aus dem Denkdrehkäfig, schweigen. Sich bükken unter dem Apfelbaum, in die Hocke gehen. Der Leser in der Hocke. In Kniehöhe schließen sich ihm die Dinge zusammen zu einer Umgebung. Und er macht sich gefaßt auf die tägliche Verletzung. Spreizen der Zehen. »Die sieben Tage des Gartens«, so sollte die ungeschriebene Folge des »Don Quijote« heißen. Im Garten sein, auf der Erde sein. Der Gang der Erdrotation ist unstet, so daß die Tage verschieden lang sind, vor allem je nach dem Widerstand gegen die Winde an den Gebirgszügen. Das Glücken des Tags und das Lassen; und das Lassen als Tun: Er ließ vor dem Fenster den Nebel ziehen, er ließ hinter dem Haus das Gras wehen. Auch jenes Von-der-Sonne-sich-bescheinen-Lassen war eine Tätigkeit: jetzt lasse ich sie mir die Stirn wärmen, jetzt die Augäpfel, jetzt die Knie – und Zeit für die Pelztierwärme dann zwischen den Schulterblättern! Kopf der Sonnenblume, der nichts tut, als dem Licht des Tags nachzugehen. Vergleiche den geglückten Tag mit dem Tag Hiobs. Statt »den Augenblick würdigen« sollte es richtiger heißen »beherzigen«. Der Lauf des Tags, gerade mit seinen Engen, bewußtgemacht – ist das nicht schon eine Art von Verwandlung? –, kann mir, wie nichts sonst, bedeuten, *wie ich bin!* Innehalten in deiner ewigen Unruhe, und es kommt zur Ruhe auf der Flucht. Und indem es zur Ruhe kam auf der Flucht, kam es zum Hören. Hörend bin ich auf der Höhe. Ja, »hoch im Ohr« durchdringt das Geschwirr eines Spatzen den Lärm. Das Auftreffen eines Blatts auf der fernen Horizontlinie, vollkommen lautlos, vernehme ich zuinnerst als Klingeln. Horchen: so wie die Schloßknacker mit ihren Dietrichen auf das Aufschnappen des Schlosses horchen. Der vom Flug verlangsamte Dreisprung der Amsel über die Hecke summt mir jetzt eine Melodie vor. Ebenso gab es welche, die beim Lesen eines Buchs ins Summen gerieten. (Vom Zeitungsleser konnte man sich höchstens ein Pfeifen, durch die Zähne, vorstellen.) »Träg seid ihr geworden im Gehör«, wetterte der eifervolle Paulus in einem Gemeindebrief, und in einem andern: »Ganz unnütz ist das Wortkämpfen, eine Katastrophe den Hörenden.« Der reine Ton: gelänge mir doch einmal taglang der reine Ton! Noch mehr zu beherzigen als das Hören wäre aber vielleicht das pure Anwesendsein, so wie es von der letzten Frau Picassos zum Beispiel hieß, sie habe nichts getan, als in seinem Atelier »anwesend« zu sein? Geglückter Tag, schwerer Tag! Beim Rechen des Gartenlaubs auf einmal das Hervorleuchten, aus dem bräunlichen Blätterschwall, kerzenlichtgelb, eines Hahnenfuß. Dunkeln der Farben, Hellwerden der Form. In der noch froststarren Schattenecke höre ich mich jetzt gehen wie damals auf Schilf. Beim Aufblick wölbt sich der Himmel. Was hieß »Schneewolke«? Weiße Fülle, mit einem Blaustich darin. Haselnüsse klicken aneinander im Handteller, drei. Im Griechischen hatte es einst ein Wort gegeben für das »Ich bin«, das nichts als ein langgezogenes O war, und zu finden war es etwa in dem Satz: »Solange ich in der Welt bin, bin ich das Licht der Welt.« Und das

Wort für das, was da gerade durch die Zypresse ging, war »Lichtwelle«. Schauen und weiterschauen mit den Augen des richtigen Worts. Und es begann zu schneien. Es schneit! Il neige! Schweigen. Es schwieg. Er schwieg im Zeichen der Toten. Nicht »Er (sie) hat das Zeitliche gesegnet« mußte es heißen, vielmehr: »Er, sie, die Gestorbenen, segnen mir das Zeitliche, wenn ich sie nur lasse!« Und zugleich das Stammelnwollen: er wollte stammeln. In den Vororten sei alles so »einzeln« (Wort eines Vorortgehers). Das einbeinige Stehen des Müllmanns hinten auf dem Wagen. Die regelmäßigen Kuppen auf den Straßen hatten den Namen »Verlangsamer«. Vielleicht gab so eine Tagesspanne gar kein weiterreichendes Muster, war bloß für sich ein Muster – das erfreute? Ich steige mit dem Dachdecker zur Mittagspause vom First die Latten hinab. Hätte ich nicht einmal den ganzen Tag im Haus bleiben sollen, nichts tun als wohnen? Das Glücken des Tags mit purem Wohnen? Wohnen: sitzen, lesen, aufschauen, in Nichtsnutzigkeit prangen. Was hast du heute getan? Ich habe gehört. Was hast du gehört? O, das Haus. Ah, unter dem Zelt des Buchs. Und warum gehst du jetzt aus dem Haus, wo du doch, mit dem Buch, am Platz warst? Um das Gelesene zu beherzigen, im Freien. Und siehe den Winkel im Haus, welcher Aufbruch heißt: ein kleiner Koffer, ein Dictionnaire, die Schuhe. Das Läuten der Glocken wieder im Turm der dörflichen Kirche: ihre Tonhöhe entspricht genau dem Mittag jetzt, und in der finsteren Luke ist von ihnen nur ein Schwirren zu sehen, wie von Radspeichen. Tief in der Erdkugel ereignen sich manchmal Beben, die sogenannten »langsamen«, von denen der Planet dann, wie man sagt, noch eine Weile nachläutete; die »Glockenbewegung«, das Läuten der Erde. Die Silhouetten eines Mannes und eines Schultaschenkinds schaukeln in dem Bahnunterweg, als ritte da ein Mann auf einem Esel. Wieder einmal Goethes Spruch war es, daß das Leben kurz sei, der Tag aber lang, und gab es nicht auch von Marilyn Monroe ein Lied, wo sie sang: »One day too long, one life too short . . .«, aber auch: »Morning becomes evening under my body«? Die rasche Ellipse, welche die letzten Platanenblätter im Fallen beschreiben: sie soll jetzt die Linie geben für das Sichneigen meines versuchten geglückten Tags – Abkürzung! Hogarths »Line of beauty« ist in Wahrheit nicht eingegraben in die Palette, vielmehr darübergespannt wie ein geschweiftes Seil, oder eine Peitschenschnur. Der geglückte Tag und die Bündigkeit. (Und daneben das Hinauszögernwollen des Endes – als könnte ich, gerade ich selber, mit jedem zusätzlichen Tag mehr vom Versuch lernen.) Der geglückte Tag und das fröhliche Warten. Der geglückte Tag und das entdeckerische Sichverirren. Stilleben des Morgens – Wirrwarr des Nachmittags: bloß ein Scheingesetz? Laß dich nicht regieren von solchen täglichen Scheingesetzen! Und noch einmal Paulus: Bei ihm ist »der Tag« der Tag des Gerichts – und bei dir? Der Tag des Maßes; nicht richten wird er dich, sondern messen; du bist sein Volk. Wer spricht da zu wem? Ich spreche zu mir. Die nachmittägliche Rabenstille. Das Laufen der Kinder, immer noch, unter dem Wind. Und immer noch, hoch oben dort, da, pendeln dir die Platanenkugeln: »das Herz ist dabei« (aus dem Französischen). Und immer noch werde im Rauschen, etwa des welken Eichengestrüpps jetzt, ich du. Was wären wir ohne das Rauschen? Und welches Wort entspricht ihm? Das Ja (tonlos). Bleib bei uns, Rauschen. Mit dem Tag mitgehen – mit dem Tag gleichreden (Homologie). Was geschah mit jenem Tag in der Kurve hoch über ganz Paris, zwischen St. Cloud und Suresnes, etwa bei der Station Val d'Or? Er kam in die Schwebe. Das helldunkle Aufglänzen damals, beim Wenden der Schwalben im Sommerhimmel, und der Moment von Schwarzweißblau jetzt: die Elster und der Winterhimmel. Die S-Linie wieder, vor einigen Tagen, an Schulter, Nacken, Kopf des Evangelisten Johannes beim Letzten Abendmahl über der Pforte von St.-Germain-des-Prés, wie er mit dem ganzen Oberkörper da nächst seinem Herrn Jesus auf dem Tisch liegt – auch ihm, wie all den Steinfiguren, hat die Revolution das Gesicht weggeschlagen. Der geglückte Tag und das wiederum glorreiche Vergessen der Historie: statt dessen das Rautenmuster, das unendliche, der Menschenaugen, auf den Straßen, in den U-Bahn-Gängen, den Zügen. Das Grauen des Asphalts. Das Blauen des Abendhimmels. Zittrigkeit meines Tags, das Beständige? Setz deine Fußspur in den Schnee des Bahnsteigs neben die Vogelspur. Einmal kam ein schwerer Tag in die Schwebe, als ein einzelner Regentropfen mein innerstes Ohr traf. Die Schuhbürste auf der Holztreppe bei Sonnenuntergang. Ein Kind, das zum ersten Mal seinen Namen schreibt. Gehen bis zum ersten Stern. Nein, Van Morrison singt in seinem Lied nicht vom »Fischen«, in den Bergen, sondern, »out all day«, vom Vögel-Betrachten. Er läßt seine Zunge singen, und sein Lied, kaum angefangen, ist schon wieder zu Ende. Der Moment des schlammbespritzten Forstautos in der Reihe der sauberen anderen. Knarrend gehen die Türen des Waldes auf. Drehtür des geglückten Tags: Dinge wie Leute darin aufleuchtend als *Wesen*. Der geglückte Tag und das Ihn-Teilenwollen. Stetes, wildes Gerechtwerdensollen. O schwerer Tag! Geglückt? Oder »gerettet«? Unversehens, schon im Finstern, der Schub der Freude aufs Weitergehen. Und ein geändertes Wort – Wort-Korrektur, die für den Tag steht: »Schub« statt deines gewohnten »Ruck«. Einhalten im nächtlichen Gehen: der Weg lichtet sich – für einmal kannst du »mein« Weg sagen –, und Innewerden der Heimlichkeit, »siehe sie kommt mit den Wolken«, kommt mit dem Wind. Dreiklang des Käuzchens. Blaumoment des Boots in dem einen Waldteich, Schwarzmoment des Boots in dem nächsten. Zum ersten Mal in diesem Vorort, hinter den Seinehöhen, die das Licht von Paris abhalten, das Gewahrwerden des Orion, aufgeschwungen in die Winternacht, und darunter die parallelen Rauchsäulen aus den Schornsteinen, und darunter die Fünfzahl der Steinstufen, die hinauf zu einer Mauertür führen, und Ingrid Bergman, die in »Stromboli«, nach einer fast tödlichen Nacht auf den schwarzgerölligen Hängen des Vulkans zusammengebrochen, bei Sonnenaufgang zu sich kommt und nicht als Staunen wird über das Dasein: »Wie schön. Welche Schönheit!« Im Nachtbus 171 nach Versailles ein einziger Passagier, stehend. Die ausgebrannte Telefonzelle. Der Zusammenstoß zweier Autos an der Pointe de Chaville: aus dem einen springt ein Mensch mit einer Pistole. Die Fernseh-Schlaglichter in den Fensterfronten der Avenue Roger Salengro, wo die Häusernummern über 2000 gehen. Das Donnern der startenden Bomber vom Militärflughafen Villacoublay, gleich hinter dem Hügelwald, sich verdichtend von Tag zu Tag, mit dem heranrückenden Krieg.

– Und jetzt verlierst du zuletzt ganz die Linie. Heim zum Buch, zum Schreiben, zum Lesen. Zu den Urtexten, wo zum Beispiel gesagt wird: »Laß klingen das Wort, steh zu ihm – günstiger Moment oder ungünstiger.« Hast du schon einen geglückten Tag erlebt? Mit welchem geglückter Augenblick, geglücktes Leben, vielleicht sogar geglückte Ewigkeit für einmal zusammenfänden?
– Noch nie, selbstverständlich.
– Selbstverständlich?
– Und hätte ich dergleichen, auch nur annähernd, erlebt, so stelle ich mir vor, ich müßte für die folgende Nacht nicht bloß einen Alp befürchten, sondern den Todesschweiß.
– Also ist dein geglückter Tag nicht einmal eine Idee, nur Traum?
– Ja. Mit dem Unterschied, daß ich ihn nicht ge*habt* habe, sondern, in diesem Versuch

hier, ge*macht*. Siehe den so schwarz und klein gewordenen Radiergummi, siehe die Haufen vom Bleistiftholz unterm Fenster. Wendungen um Wendungen, im Leeren, für nichts und wieder nichts, an etwas Drittes, Unfaßbares, ohne das wir beide aber verloren sind. Immer wieder, in seinen Briefen nicht an die Gemeinden, sondern an die einzelnen, seine Helfer, schreibt der in Rom gefangene Paulus vom Winter: »Beeile dich, vor dem Winter zu kommen, lieber Timotheus. Und bring mir den Mantel mit, den ich in Troas bei Karpos gelassen habe . . .«

– Und wo ist der Mantel jetzt? Verlaß den Traum. Schau, wie der Schnee vorbeifällt an dem leeren Vogelnest. Auf zur Verwandlung.

– Zum nächsten Traum?

Peter Handke
Sein Werk im Suhrkamp Verlag

Abschied des Träumers vom Neunten Land. Eine Wirklichkeit, die vergangen ist: Erinnerung an Slowenien. Mit Zeichnungen des Autors. Bütten-Broschur

Die Abwesenheit. Ein Märchen. Leinen und st 1713

Als das Wünschen noch geholfen hat. Fotos von Peter Handke. st 208

Die Angst des Tormanns beim Elfmeter. Erzählung. BS 612 und st 27

Begrüßung des Aufsichtsrats. st 654

Der Chinese des Schmerzes. Leinen und st 1339

Chronik der laufenden Ereignisse. st 3

Drei Versuche. Versuch über die Müdigkeit. Versuch über die Jukebox. Versuch über den geglückten Tag. Faksimile der drei Handschriften. Einmalige, numerierte und vom Autor signierte Auflage in 1000 Exemplaren. Lose Blätter in Kassette

Das Ende des Flanierens. st 679

Falsche Bewegung. st 258

Gedicht an die Dauer. BS 930

Die Geschichte des Bleistifts. st 1149

Das Gewicht der Welt. Ein Journal (November 1975 – März 1977). st 500

Der Hausierer. Roman. Engl. Broschur und st 1959

Die Hornissen. Roman. st 416

Ich bin ein Bewohner des Elfenbeinturms. st 56

Die Innenwelt der Außenwelt der Innenwelt. es 307

Kaspar. es 322

Kindergeschichte. Engl. Broschur und st 1071

Der kurze Brief zum langen Abschied. Engl. Broschur und st 172

Langsam im Schatten. Broschur

Langsame Heimkehr. Erzählung. Leinen und st 1069

Langsame Heimkehr. 4 Bände in Kassette. Langsame Heimkehr. Die Lehre der Sainte-Victoire. Kindergeschichte. Über die Dörfer. st 1069-1072

Die Lehre der Sainte-Victoire. Engl. Broschur und st 1070

Die linkshändige Frau. Erzählung. Engl. Broschur und st 560

Nachmittag eines Schriftstellers. Erzählung. st 1668

Peter Handke. Prosa. Gedichte. Theaterstücke. Hörspiel. Aufsätze. Sonderausgabe. Kartoniert

Phantasien der Wiederholung. es 1168

Publikumsbeschimpfung und andere Sprechstücke. es 177

Der Ritt über den Bodensee. es 509

25/1/4.93

Peter Handke
Sein Werk im Suhrkamp Verlag

Das Spiel vom Fragen oder Die Reise zum Sonoren Land. Engl. Broschur
Stücke 1. st 43
Die Stunde da wir nichts voneinander wußten. Ein Schauspiel. Engl. Broschur
Die Stunde der wahren Empfindung. Leinen, BS 773 und st 452
Theaterstücke in einem Bnd. Leinen
Über die Dörfer. Dramatisches Gedicht. Engl. Broschur und st 1072
Die Unvernünftigen sterben aus. st 168
Versuch über den geglückten Tag. Ein Wintertagtraum. Leinen und st 2282
Versuch über die Jukebox. Erzählung. Leinen und st 2208
Versuch über die Müdigkeit. Leinen und st 2146
Die Wiederholung. Leinen, BS 1001 und st 1834
Wind und Meer. Vier Hörspiele. es 431
Wunschloses Unglück. Erzählung. BS 834 und st 146

Übersetzungen
Aischylos: Prometheus, Gefesselt. Übertragen von Peter Handke. Broschiert
Emmanuel Bove: Armand. Roman. Aus dem Französischen von Peter Handke. st 2167
– Bécon-les-Bruyères. Eine Vorstadt. Aus dem Französischen von Peter Handke. BS 872
– Meine Freunde. Aus dem Französischen von Peter Handke. BS 744
Florjan Lipuš: Der Zögling Tjaž. Roman. Aus dem Slowenischen von Peter Handke zusammen mit Helga Mračnikar. st 993
Patrick Modiano: Eine Jugend. Aus dem Französischen von Peter Handke. BS 995
Walker Percy: Der Idiot des Südens. Roman. Deutsch von Peter Handke. Gebunden und st 1531
– Der Kinogeher. Roman. Deutsch von Peter Handke. BS 903
Francis Ponge: Das Notizbuch vom Kiefernwald und La Mounine. Deutsch von Peter Handke. BS 774
William Shakespeare: Das Wintermärchen. Deutsch von Peter Handke. Gebunden

Editionen, Vorworte und Nachworte
Nicolas Born: Gedichte. Herausgegeben und mit einem Nachwort versehen von Peter Handke. BS 1042

25/2/4.93

Peter Handke
Sein Werk im Suhrkamp Verlag

Franz Michael Felder: Aus meinem Leben. Mit einer Vorbemerkung von Peter Handke und einem Nachwort von Walter Methlagl. st 1353

Zu Peter Handke

Aber ich lebe nur von den Zwischenräumen. Ein Gespräch, geführt von Herbert Gamper. st 1717

Peter Handke. Herausgegeben von Raimund Fellinger. stm. st 2004

25/3/4.93